El pez arco iris y sus amigos

Pececitos Miedosos

ESCRITO POR GAIL DONOVAN
TRADUCIDO POR GERARDO GAMBOLINI
ILUSTRADO POR DAVID AUSTIN CLAR STUDIO

Night Sky Books
New York • London

—Vamos, Rizo. Cuéntanos una historia —le pidió un día el pez arco iris, después del almuerzo.

Enseguida Rizo se infló.

—Era una noche oscura y tormentosa —comenzó a decir—. Una de esas noches en que los fantasmas surgen de las profundidades...

—¡No cuentes una historia de fantasmas! —exclamó Dina—. No me gustan.

Ella sabía que los científicos no creen en fantasmas, pero igual tenía miedo.

—¡Miedosa! —se burló Pincho.

Dina se alejó ofendida.

—Me pregunto qué habrá realmente en las profundidades —dijo Remo.

Nadie sabía la respuesta. A los peces pequeños no les permitían abandonar las aguas soleadas y poco profundas del arrecife para internarse en el mar abierto. El pez arco iris y sus amigos sabían que la ballena Jonás vigilaba el borde del arrecife y mantenía a todos a salvo, pero ninguno de ellos la había visto nunca.

—Yo no le tengo miedo a las profundidades —alardeó Pincho—. ¡Yo no le tengo miedo a nada!

—Todo el mundo le tiene miedo a algo —dijo Remo—. A mí a veces me da miedo perderme, como el día que me perdí en las Cavernas de Cristal.

—A mí me pasa igual —dijo Zito.

—A mí me asustan las tormentas —dijo Rosa—. No me gustan nada los truenos ni los relámpagos.

—A mí me pasa lo mismo —dijo Zito.

—Bueno, a mí no me gusta subir a un escenario... —admitió Rizo—, prefiero ser un narrador.

—A mí me pasa...

—¡Ya sabemos, Zito! —exclamaron todos a coro.

—¡Son todos unos miedosos! —dijo Pincho, burlándose.

—Yo no soy ninguna miedosa —dijo Dina—. Sé que es tonto tenerle miedo a los fantasmas... Sé que no existen y estoy tratando de enfrentar mi miedo. Por eso vengo a jugar al Barco Hundido. El miedo no es algo científico.

—Miedosa, miedosa —canturreaba Pincho.

—Basta, Pincho —dijo el pez arco iris. No le gustaba la forma en que Pincho se estaba burlando de los demás, y lo ponía nervioso saber que él podía ser el próximo. El pez arco iris no quería confesar de qué tenía miedo. Por suerte la hora del almuerzo terminó, y todos volvieron a clase.

El pez arco iris se pasó la tarde entera pensando en lo que había dicho Dina. Quizás el suyo también era un miedo tonto. Quizás Dina tenía razón. Quizás él también debía tratar de enfrentarlo.

—¡Pez arco iris, ven a jugar a las escondidas! —lo invitó Rosa cuando salieron de la escuela.

—Lo siento, no puedo —dijo el pez arco iris—. Tengo algo que hacer.

—¿Puedo ir contigo? —preguntó Remo.

El pez arco iris sonrió.

—Hoy no, Remo —le dijo—. Debo hacer esto por mi cuenta.

El pez arco iris nadó y nadó y nadó hasta llegar al borde del arrecife. Allí estaba, finalmente, lo que más le asustaba: el océano inmenso. ¿Qué habría allí? ¿Podría sobrevivir en esa inmensidad azul un pequeño pez plateado? El pez arco iris sabía que ya no podía dar marcha atrás. "Es ahora o nunca", pensó. Era el momento de enfrentar su miedo. Y avanzó.

De repente, algo gigantesco surgió del fondo de las aguas. El pez arco iris se quedó paralizado. No podía hablar ni pensar. La figura gigantesca se acercó más y más...

—Hola, pez arco iris —dijo retumbando una voz gruesa—. ¿Qué
haces aquí en el mar abierto? Los peces pequeños como tú no deben
alejarse del arrecife.

El pez arco iris levantó la vista y vio que la voz venía de una ballena
gigante.

—Jonás... —suspiró aliviado.

Y le contó a Jonás toda la historia.

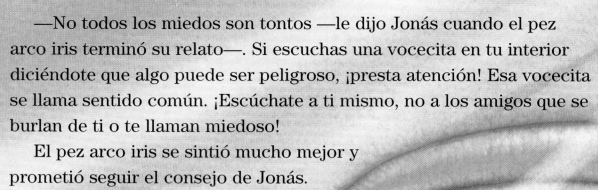

—No todos los miedos son tontos —le dijo Jonás cuando el pez arco iris terminó su relato—. Si escuchas una vocecita en tu interior diciéndote que algo puede ser peligroso, ¡presta atención! Esa vocecita se llama sentido común. ¡Escúchate a ti mismo, no a los amigos que se burlan de ti o te llaman miedoso!

El pez arco iris se sintió mucho mejor y prometió seguir el consejo de Jonás.

—Ahora me encargaré de que vuelvas sano y salvo a tu casa —dijo Jonás—. Recuerda, yo siempre estoy aquí para cuidarte, pero también quiero que te cuides a ti mismo.

—¿No tuviste miedo? —le preguntó Zito al día siguiente, cuando el pez arco iris les contó a sus amigos lo que había hecho.

—Sí —respondió el pez arco iris—. Pero Jonás dijo que a veces tener miedo revela buen sentido común.

—¡Bah! Tonterías —dijo Pincho—. Yo sigo sin tenerle miedo a nada.

—Miren —dijo Rosa—. Un helecho flotante.

—¡A–A–A–Y–Y–Y! ¡Quítenmelo! —gritó Pincho cuando la planta se le posó en las aletas. ¡Rápido! ¡Quítenmelo!

—Es una pequeña planta inofensiva —dijo Dina—. No puede hacerte daño.

—Sí, pero son tan... quiero decir, yo... —tartamudeó Pincho.

—¿Te está hablando tu "vocecita", Pincho? —preguntó Rosa sonriendo.

—Sí, creo que me dice que ser miedoso está bien —contestó riéndose Pincho.